MIRELLA SPINELLI
TEXTO E ILUSTRAÇÕES

A POMBA E A FORMIGA

FÁBULA DE
LA FONTAINE
ADAPTADA

Yellowfante

Copyright © 2021 Mirella Spinelli

Todos os direitos reservados pela Editora Yellowfante. Nenhuma parte desta publicação poderá ser reproduzida, seja por meios mecânicos, eletrônicos, seja via cópia xerográfica, sem a autorização prévia da Editora.

EDITOR RESPONSÁVEL
Arnaud Vin

REVISÃO
Júlia Sousa

EDIÇÃO DE ARTE
Diogo Droschi

Dados Internacionais de Catalogação na Publicação (CIP)
(Câmara Brasileira do Livro, SP, Brasil)

Spinelli, Mirella
   A pomba e a formiga : fábula de La Fontaine adaptada / Jean de La Fontaine ; Mirella Spinelli [texto e ilustrações] -- Belo Horizonte : Yellowfante, 2021.

   ISBN 978-65-88437-82-7

   1. Fábulas - Literatura infantojuvenil I. La Fontaine, Jean de, 1621-1695. II. Título.

21-83352   CDD-028.5

Índices para catálogo sistemático:

1. Fábulas : Literatura infantil 028.5
2. Fábulas : Literatura infantojuvenil 028.5

Eliete Marques da Silva - Bibliotecária - CRB-8/9380

A **YELLOWFANTE** É UMA EDITORA DO **GRUPO AUTÊNTICA**

Belo Horizonte
Rua Carlos Turner, 420
Silveira . 31140-520
Belo Horizonte . MG
Tel.: (55 31) 3465-4500

São Paulo
Av. Paulista, 2.073 . Conjunto Nacional
Horsa I . Sala 309 . Cerqueira César
01311-940 . São Paulo . SP
Tel.: (55 11) 3034-4468

www.editorayellowfante.com.br
SAC: atendimentoleitor@grupoautentica.com.br

UMA POMBA BEBIA ÁGUA NUM RIACHO.

A POMBA JOGOU UMA FOLHA
DE GRAMA NA CORRENTEZA.

A FORMIGA SUBIU NA FOLHA E SE SALVOU.

A POMBA FICOU CONTENTE E ABRIU AS ASAS PARA IR EMBORA.

ELE PROCURAVA UM BICHO PARA SER O SEU JANTAR.

O CAÇADOR VIU A POMBA
E APONTOU A ARMA.

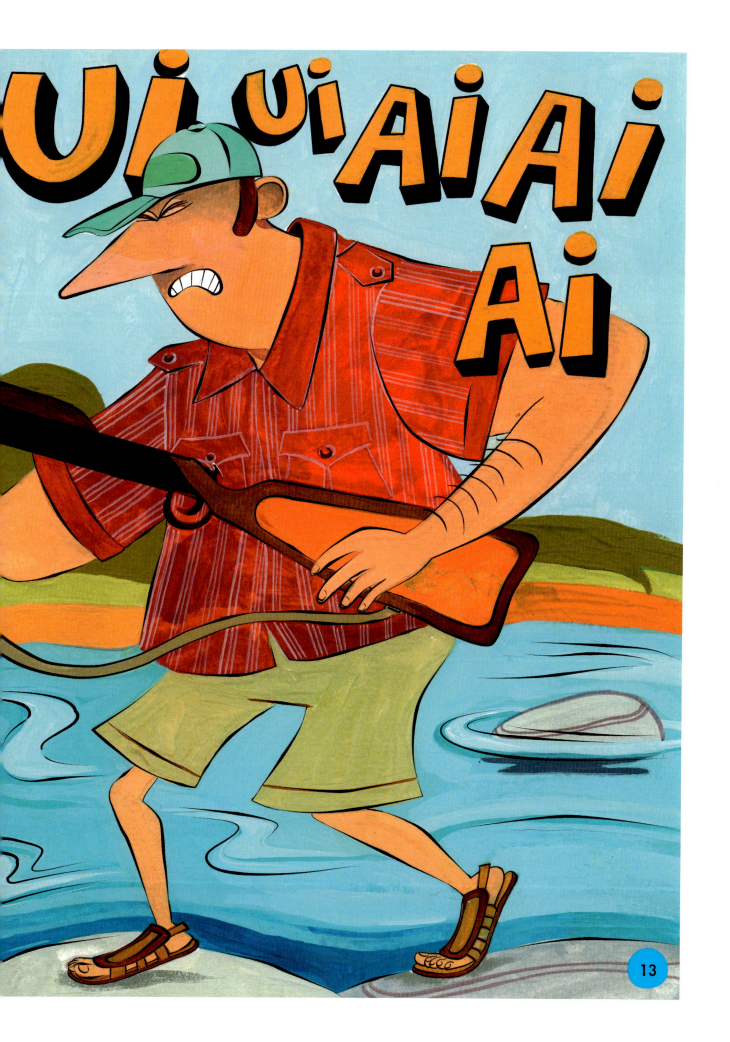

A FORMIGA ESTAVA MORDENDO O CALCANHAR DELE!

A POMBA, MUITO AGRADECIDA, APROVEITOU E VOOU PARA BEM LONGE.

A FORMIGA SEGUIU O SEU CAMINHO.

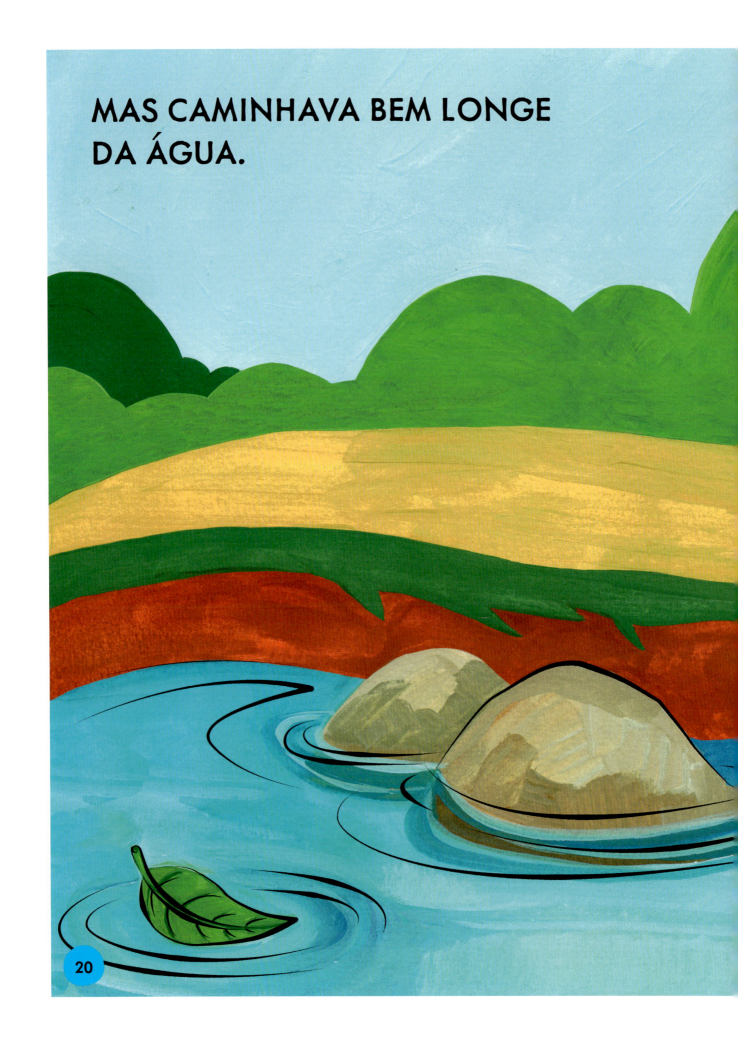

MAS CAMINHAVA BEM LONGE DA ÁGUA.

AH, FICOU LÁ, CHORANDO.
DE BARRIGA VAZIA.

MIRELLA SPINELLI

É ilustradora e artista plástica. Nasceu em São João del-Rei, Minas Gerais, onde cresceu dividindo seu tempo entre as brincadeiras com as crianças da rua em que morava e a emocionante descoberta dos clássicos da literatura.

Este livro foi composto com tipografia Duper e impresso
em papel Couchê 150 g/m² na Formato Artes Gráficas.